時鐘國王

文／小杉早苗
圖／立本倫子
譯／蘇懿禎

在某個地方，有一個時鐘國。

時鐘國裡有一位時鐘國王。
國王的臉上有兩根指針，
滴答滴答的走著。

長針一個小時轉一圈，
短針動作慢，半天才轉一圈。

長久以來，
指針都正確的指出時間。

時鐘國裡的所有時鐘，都按照國王的時鐘運行。

早上，國王的指針一指到六點。
就會有隻布穀鳥從皇冠裡飛出來，
「咕咕！咕咕！六點嘍，
早上到了，體操時間到嘍──」

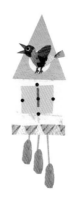

時鐘國的人們會一起起床，
聚集在皇宮前的廣場。

接著，大家一起做早操。
「一、二、三、四！」
「二、二、三、四！」

國王的指針一指到七點，
「咕咕！咕咕！七點嘍，
早餐時間到嘍──」
布穀鳥大叫著。
大家一起享用早餐。

國王的指針一指到八點，
「咕咕！咕咕！八點嘍，
工作時間到嘍！」
大家一起開始工作。

十點是散步時間。
十二點是午餐時間。

一點是午睡時間。
兩點是運動時間。

三點是點心時間。
四點是遊戲時間。

五點是閱讀時間。

六點是晚餐時間。

八點是洗澡時間。
九點是睡覺時間。

在時鐘國裡，
最重要的就是時間。
如果有人不遵守時間，就會
被關進監牢裡。

但是，時鐘國王其實是個
非常悠哉的人。
就算布穀鳥大喊著：「咕咕！咕咕！
六點嘍，早上了，體操時間到嘍！」

「還想多睡一會兒呀，
呼嚕呼嚕……」

就算布穀鳥大喊著：「咕咕！咕咕！
五點嘍，閱讀時間到嘍！」

「還想再玩一下啊！」

有一天，國王想著：「怎麼樣才能不管時間，
盡情做自己喜歡的事呢？」
皇冠裡的布穀鳥飛了出來，說：
「咕咕！咕咕！只要把時鐘弄不見就好啦。」
「原來如此，這是個好主意！」

那天晚上，國王偷偷把短針拔了下來，
藏在侍衛們找不到的地方。
這樣一來，就沒有人知道幾點了。
「喔呵呵，好期待明天呀！」
國王說完就鑽進棉被裡。

隔天，太陽已經升起，天空變得明亮，
時鐘國卻還一片安靜。
「還沒到早上嗎？」
「還沒到六點嗎？」

因為沒聽到布穀鳥的叫聲，
所以大家都不能起床。

只剩下長針，沒辦法知道時間，
時鐘國裡所有的時鐘都停止了。

皇宮裡亂成一團。
「國王的短針被偷了，快找出犯人！」
士兵們在時鐘國裡到處尋找。

這個時候，國王在做什麼呢？

國王懶懶的賴床，
慢慢的散步，
好好的玩耍，
拖拖拉拉的吃點心，
盡情做自己想做的事。

「喔呵呵——沒有時鐘真是太棒啦！」

接著，國王肚子餓了：「差不多該吃飯了吧！」
國王走進餐廳，廚師卻一邊哭一邊說：
「國王，真的很抱歉。因為不知道吃午餐的時間到了沒，
所以沒辦法煮午餐。」

國王從一大早到現在，除了點心以外什麼都沒吃，
肚子已經餓得咕嚕咕嚕叫。
侍衛和士兵的肚子也餓得咕嚕咕嚕叫。
「什麼？沒有時鐘就不能吃飯？這可是天大的事啊！」

國王趁侍衛不注意的時候，
偷偷把藏起來的短針放回走廊。

「找到短針啦！」侍衛們大喊著。

國王裝作什麼都不知道的樣子。
「喔喔，找到了嗎？
那真是太好了，太好了。」

國王把短針裝回臉上，
將時間調到十二點。
「咕咕！咕咕！十二點嘍，
午餐時間到嘍——」
布穀鳥大叫著。

廚師急忙開始煮午餐。
時鐘國的人們也都鬆了一口氣，開始準備吃飯。
時鐘國就這樣恢復成原本的樣子。

從此以後，國王再也沒有把時鐘的指針拔掉了。
不過，有件事和之前不一樣，國王頒布了一道新命令。

沒有遵守時間的人
不用被關。

文 小杉早苗

「其實我自己和朋友約時間，總是約『大概幾點』，覺得『差不多』就好！」

一九七一年出生於日本滋賀縣，畢業於京都大學教育學系。在映像製作公司協助製作兒童影音產品，也負責腳本及演出。二〇〇七年參加「YOUYOU 繪本講座」（第一期），一邊在公司上班，一邊開始從事繪本創作。繪本作品有《喜歡 5 的公主》、《白國王與黑國王》等，也持續於幼兒雜誌刊載故事。

圖 立本倫子

「我如果是時鐘國的人民，我應該早就被關進監牢了吧！」

一九七六年出生於日本石川縣，大阪藝術大學文藝學系客座副教授。創立「colobockle」品牌，專門企畫並製作與兒童相關的多媒體產品。插畫長才展現於繪本、電視廣告、雜誌、CD 設計、角色設計中，同時也活躍在影像製作、玩具、童裝、雜貨等各大領域。只要是具有童心，能拓展豐富想像力的幽默世界的事物，不管是什麼樣的商品她都想努力嘗試。繪本作品有《小鳥的幼兒園》、《星星》等，作品也翻譯至亞洲和歐洲。

譯 蘇懿禎

「像我這種作息不正常的人，住在時鐘國身體會變很健康吧！」

臺北教育大學國民教育學系畢業，日本女子大學兒童文學碩士，目前為東京大學教育學博士候選人。

熱愛童趣但不失深邃的文字與圖畫，有時客串中文與外文的中間人，生命都在童書裡漫步。夢想成為一位童書圖書館館長，現在正在夢想的路上。翻譯作品有：《媽媽變成鬼了！》、《眼淚糖》、《公主幼稚園》、《公主才藝班》、《謝謝，從我開始……》、《昨天，爸爸很晚回家的原因……》（以上皆由小熊出版）。

精選圖畫書

時鐘國王　　文 / 小杉早苗　　圖 / 立本倫子　　譯 / 蘇懿禎

總編輯：鄭如瑤　　文字編輯：許喻理　　美術編輯：黃淑雅　　印務主任：黃禮賢　　社長：郭重興　　發行人兼出版總監：曾大福
出版與發行：小熊出版·遠足文化事業股份有限公司　　地址：231 新北市新店區民權路 108-2 號 9 樓　　電話：02-22181417　　傳真：02-86671851
劃撥帳號：19504465　　戶名：遠足文化事業股份有限公司　　客服專線：0800-221029　　E-mail：littlebear@bookrep.com.tw
讀書共和國出版集團網路書店：http://www.bookrep.com.tw　　Facebook：小熊出版　　法律顧問：華洋國際專利商標事務所／蘇文生律師
印製：凱林彩印股份有限公司　　初版 1 刷：2016 年 9 月　　初版 12 刷：2021 年 8 月　　定價：280 元　　ISBN：978-986-93541-3-4

TOKEI NO OUSAMA
Text copyright © 2015 by Sanae Kosugi
Illustrations copyright © Michiko Tachimoto
Originally published in Japan in 2015 by PHP Institute, Inc.
Traditional Chinese translation rights arranged with PHP Institute, Inc.
through CREEK&RIVER CO., LTD.

小熊出版讀者回函　小熊出版官方網頁